Rana

Bolaños, María Paula
    Rana / historia e ilustraciones María Paula
Bolaños. --Bogotá : Babel Libros, 2006.
        24 p. : il. ; 20 cm.
        ISBN 958-97602-9-5
        1. Cuentos infantiles colombianos
2. Animales - Cuentos infantiles
3. Libros ilustrados para niños 4. Mascotas -
Cuentos infantiles II. Tít.
I863.6 cd 19 ed.
A1078101

        CEP-Banco de la República-Biblioteca Luis Angel Arango

1ª edición abril de 2006

© María Paula Bolaños, 2006
© Babel Libros, 2006

ISBN: 958-97602-9-5

Babel Libros
Calle 39 A 20-55, La Soledad
Bogotá D.C. Colombia
Pbx 2458495
babellibros@cable.net.co

Edición: María Osorio

Escáner Sandra Ospina
Impreso en Colombia
por Panamericana Formas e Impresos S.A.

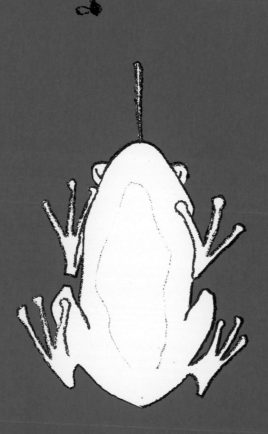

a mis padres,
a lucas y a chip...

—Vamos, acompáñame al mercado.

—Y ¿me compras algo?

—No sé, no creo.

—No, entonces no.

—Pues te tocó,
vamos.

TIENDA DE MASCOTAS

—¿Me compras esa rana?

—No, no tengo plata para comprar ranas.

—Pero yo te acompañé...

—No te la voy a comprar.

—Es que yo quiero esa ranita...

—Vámonos que ya terminé.

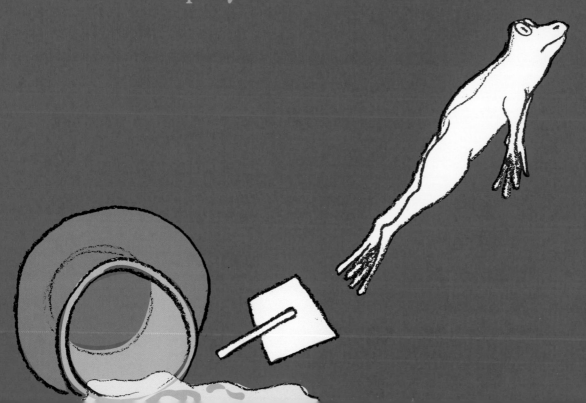

porfa   porfa   porfa   porfa   porfa   porfa   porfa

porfa   porfa   porfa   porfa   porfa   porfa

—¡Que no!

—Mami...

—DIOS... acuéstate y mañana hablamos.

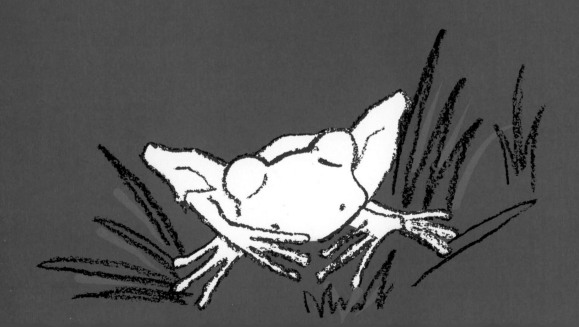

—¿Hablamos?

—Pero no de ranas.

—Pero...

—¡Que no! ¡Báñate!

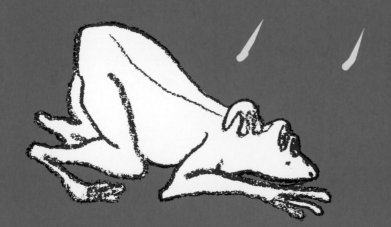

—¿Y por qué no?

—Porque no me gustan las ranas.

—¡Es que yo la necesito!

—Lo que necesitas es hacer tus tareas.

—¿Y mi rana?

—Vete a tu cuarto y no molestes más con eso.

—¡Mamá!

—¿Qué pasa?

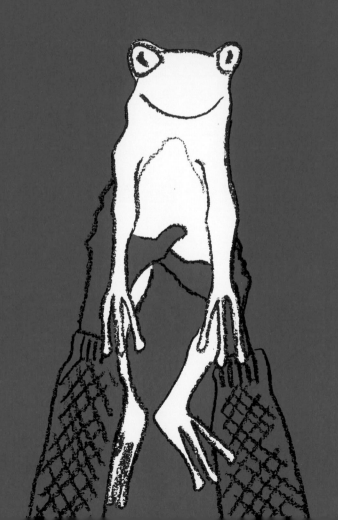

¡Gracias!